Mis agradecimientos a Joseph
por su invaluable contribución
A. B.

Primera edición en inglés, 1992
Primera edición en español, 1993
Quinta reimpresión, 2010

Browne, Anthony
    Zoológico / Anthony Browne ; trad. de Carmen Esteva. —
México : FCE, 1993.
    [23] p. : ilus. ; 30 × 23 cm — (Colec. Los Especiales de A la
Orilla del Viento)
    Título original *Zoo*
    ISBN 978-968-16-4272-3

    1. Literatura Infantil I. Esteva, Carmen, tr. II. Ser. III. t.

LC PZ7   Dewey 880.068 B262z

Distribución mundial

Editor: Daniel Goldin
Traducción de Carmen Esteva

Título original: *Zoo*
© 1992, A. E. T. Browne and Partners
Publicado por Julia MacRae Books, Londres
ISBN 1-85681-232-4

D. R. © 1993, Fondo de Cultura Económica
Carr. Picacho-Ajusco 224; México, 14738, D. F.
Empresa certificada ISO 9001: 2000

Comentarios y sugerencias: librosparaninos@fondodeculturaeconomica.com
www.fondodeculturaeconomica.com

ISBN 978-968-16-4272-3

Esta obra se terminó de imprimir en enero de 2010
en Impresora y Encuadernadora Progreso S. A. de C. V. (IEPSA),
calzada San Lorenzo, 244; 09830 México, D. F.
La edición consta de 2 800 ejemplares.

Impreso en México • *Printed in Mexico*

ZOOLÓGICO

ANTHONY BROWNE

LOS ESPECIALES DE
A la orilla del viento
FONDO DE CULTURA ECONÓMICA
MÉXICO

Mi familia

Yo

Mi hermano

Papá

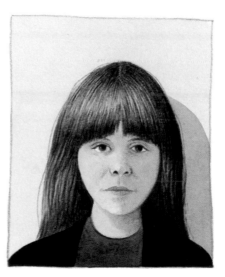

Mamá

El domingo pasado fuimos todos al zoológico.
Mi hermano y yo estábamos muy emocionados.

Había muchísimos autos en el camino y nos tardamos años en llegar. Después de un rato estábamos muy aburridos y nos peleamos. Quique empezó a llorar y papá me regañó. No es justo, nunca lo regaña a él. Siempre es mi culpa.

—¿En qué botella caben cien autos y mil camiones? —preguntó papá.

—No sé —dijo Quique.

—¡En un embotellamiento! —se carcajeó papá.

Todo mundo rió menos mamá, Quique y yo.

Cuando por fin llegamos, ¡claro!, papá tuvo
que discutir con el señor de los boletos.
Intentó convencerlo de que Quique tenía
cuatro años y que sólo debía pagar medio
boleto. (La verdad es que tiene cinco y medio.)

—¡Es un robo en despoblado! —dijo
papá enojado.

A veces, de veras no se mide.

Como no teníamos plano del zoológico caminamos sin rumbo. Mi hermano y yo queríamos ver a los gorilas y a los monos, pero primero tuvimos que ver otros animales aburridos y tontos.

Entramos en la casa de los elefantes. ¡Olía muy mal! El elefante estuvo todo el tiempo en un rincón con la cara hacia la pared.

Mamá llevaba unos chocolates y Quique y
yo nos moríamos de hambre.

—¿Podemos comerlos ya? —pregunté.

—No, todavía no —contestó papá.

—¿Por qué no? —lloriqueó Quique.

—Porque no —dijo papá.

—¿Y por qué no? —pregunté yo.

—Porque lo digo yo —dijo papá.

Parecía estar en uno de sus malos ratos.

Después vimos los tigres. Uno de ellos daba vueltas cerca de la alambrada.

—Pobrecillo —dijo mamá.

—No dirías eso si te estuviera correteando —rezongó papá—. ¡Mira qué dientes tiene!

Quique y yo teníamos cada vez más hambre.

—¿Podemos comer ya? —pregunté.

—Pero si apenas acabamos de llegar
—dijo mamá.

Parecía como si hubiéramos estado allí
durante horas. Mi hermano me pegó y yo le
di una patada. Luchamos un rato hasta que
papá me regañó.

Después vimos a los pingüinos. Casi siempre
me hacen mucha gracia cuando los veo en la
tele, pero yo sólo pensaba en comer.

—¿Qué animal te puedes comer en el
zoológico? —preguntó papá.

—No sé —refunfuñé.

—¡Un perro caliente! —dijo papá casi
gritando, mientras se apretaba la barriga y
se reía tanto que las lágrimas le rodaban
por las mejillas.

—Vengan muchachos, vamos a comer
algo —dijo mamá.

La cafetería estuvo muy bien. Yo tomé una
hamburguesa, papas fritas y frijoles, y mucha salsa de
tomate y un helado de chocolate con mermelada de
frambuesa. Estuvo genial.

Después de comer entramos en la tienda a gastar
nuestro dinero. Los dos nos compramos una gorra de
mono muy graciosa.

—¿Cuál es el mono? —preguntó ya-saben-quién.

De allí tuvimos que ir a ver al oso polar. Se veía tan
tonto. Iba y venía de un lado a otro.

Enseguida vimos a los mandriles, que me parecieron
un poco más divertidos. Dos de ellos se pelearon.

—Me recuerdan a alguien —dijo mamá—, no sé a
quién.

El orangután estuvo echado en un rincón y no se
movió. Le gritamos y le hicimos ruido, golpeando el
vidrio, pero nos ignoró. ¡Pobre!

Al fin encontramos a los gorilas. ¡Esos sí estuvieron muy divertidos! Por supuesto, papá tuvo que hacer su imitación de King Kong. Afortunadamente éramos los únicos que estábamos allí.

Llegó la hora de volver a casa. En el auto mamá nos preguntó qué nos había gustado más. Yo dije que las hamburguesas, las papas fritas y los frijoles. Quique dijo que las gorras de mono. Papá dijo que lo mejor era el regreso a casa, y le preguntó a mamá qué había de cenar.

—Yo creo que el zoológico no es realmente para animales, sino para personas —dijo mamá.

Esa noche tuve un sueño muy extraño.

¿Ustedes creen que los animales sueñan?